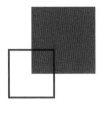

魚的來歷

陳立諾

!

代序
朝著火星前進
葉英傑

認識陳立諾已久，能認識，很大程度是因為我那時候剛出版了詩集，認識了幾位同樣愛好文學的友人。他那時候剛大學畢業，自印了一本詩集。詩集薄薄的，叫《影子最重》，放在KURBRICK一點不起眼。可是一旦你拿起它，你會記住那製作單位的名字，名字叫「火星前進」。

知道他找到出版社正式出一本詩集，我其實是高興的。心想他終於有一本有一點厚度的詩集，放上書店的書架，人們總算能看到他如何朝火星前進（詩人都像是朝火星前進的太空人吧）。

這詩集共有五十二首詩，從舊作到比較近期的作品都收

在內。我個人最深印象，或者說是最使我驚訝的，當屬第三輯最尾的〈吃晚餐時〉。詩是這樣開始的：

吃晚餐時，坐在對面的那人

把自己的手提電話放在錢包上，

而錢包，則擱在餐桌的邊上。

當疲倦的女侍應收拾餐具時

一隻綠色的碟子，從半空

砸下，在手提電話的熒屏上

敲出兩個深淺不一的小坑。

驚訝的原因，其實是因為事件發生時我也在場（順帶一提，那「對面的那個人」，並不是我⋯⋯）。其實這件事的經過很簡單，三兩句就可交待完畢。但陳立諾記住了這件事，並且將此事發展成一首詩。

　　如果是現在本地流行的寫法，這詩就會發展成一首敘事詩。陳立諾沒選擇這樣做。接著他開始發揮他「火星前進」的本事，談到平行時空，談到一個「下定決心渡過盧比孔河」的凱撒及「掉轉馬頭，返回了北方」的凱撒，又說到「躺在紫禁城深處」的鄭和及「住在雲南鄉下，膝邊兒孫成群」的鄭和。這些句子，看上去「好玩」，但其實在說一些很沉重的想法，一切都是一念間。差一點，結果會很大分

別。加上這首詩用了比較多口語，看起來就是像安慰讀者或「對面的那個人」，希望「對面的那個人」，聽到這些「好玩」的想法，可以把不開心的情緒放下。我唯一不滿意的是末段有博爾赫詩及佛洛斯特的影子，這些意象太熟，減低了前段的驚喜。

如果說第三輯主要是說作者與他人的關係，或作者與友人一起遊歷，以詩來記住讓彼此交集的地點，第一輯和第二輯牽涉的題材，相比來說就比較個人了。例如第一輯說的是作者如何面對自己，面對世界，如何脫離身處的「城堡」，走到自己想去的地方。例如〈世界〉一詩。此詩說的是友人來訪，「幾個不同的世界在屋子裏連接、重疊」，此「世界

可以是不同的房間，或不同的友人──不同的「個體」。

睡房的門半掩著，房裏的物件沉浸在黑暗中

我知道牀上凌亂不堪，但一點也不介意

在別人的世界裏，我們苦苦找尋自己的位置

而道路太多，使人目眩

博物館裏的展品有時倒令人羨慕，它們的地位早確定

只須隔著玻璃罩向人類炫耀自身的價值

平時跟陳立諾及其他友人聚會，他通常有最多點子，

有時甚至讓你哭笑不得。所以讀到這首詩，我才發現他平時見面時不會見到的憂慮：我在別人心目中究竟佔有甚麼位置？友人能否接受我「家中」的「黑暗」、「凌亂不堪」，又或者我那個世界「道路太多，使人目眩」，像「博物館裏的展品」，「地位早被確定」？

跨出一步，即可到達

薄薄的木門外的另一個世界

有心人這樣忠告：出門時不要忘了帶鑰匙，在家時要常常抹窗

更重要的是：做好準備才開啟一扇門

陳立諾只能提出忠告，走進另一世界時，要準備退路，要隨時回到自己的空間（不要忘了帶鑰匙），要時刻檢視自己（在家時要常常抹窗），而且要「做好準備才開啟一扇門」。人與人之間的關係是何等脆弱，「凌亂是一種美，有時卻會令人心碎」。這首詩不太顯露，意象恰到好處，也沒有讓意象蓋過一切，而是讓意象為自己的情緒服務，讓自己的想法慢慢透過敍述呈現出來。

第一輯有另一首有關家的作品〈回家〉。跟〈世界〉不同，世界是很大的，陳立諾身在其中，家是小的，但他卻不斷要離開。對著看其實很有趣。〈回家〉一詩劈頭就說：

這裏不適合我：這裏的

路很難走，天氣忽冷忽熱

令人晚上睡不著覺。

有時候，也可以吃上一頓好的。

吃完之後，肚子很難受，

後悔吃得太多。

　　這樣寫跟平常我們對「家」的概念是一個逆轉，一種反差。但細看其實又很合理。雖然不斷搬家，家可能愈搬愈大，但「人卻不見得快樂」。去到第二段作者一起首用了對話：

「媽，我想回家去！」

將第一段帶來的懸疑氣氛推上高潮。其實在詩中加插對話，有時會有反效果，因為一旦有對話，如果拿捏不當，詩就會變得像劇本，或小說。但對話在這首詩中卻是其中重要的組成部份。

媽媽這樣回答我：

「明明在家裏，回甚麼家?」

講完後，她補上一句：「發神經！」

透過對話，陳立諾將一個「家」鮮活的呈現出來。

這個家不再是一個平面，而是一個有血有肉的連結。這比用一大段文字來描寫自己如何喜歡一個家，更有力量。這個家是一個人一開始就想離開：「也許，在搖籃階段，／我就曾離家出走，／而且不止一次，／只是我還不懂得走路。」，但現在又想回去：「如今，我和家之間／隔著很多條湍急的河流，／還有佈滿荊棘／的樹林，而我並沒有渡河的工具。」陳立諾寫出了一種「曾經滄海」的感覺。這是一首在〈世界〉轉了很多個圈，然後才能完成的詩。因為有經歷，有「情」，此詩才感動人。

第二輯「房間裏的黑暗」，說的主要是活著和死亡，點題詩〈房間裏的黑暗〉是我當中最喜愛的。陳立諾其實

善於將不同的哲學思辨表現出來。集中不少都作品都將生活中對立的處境並置，讓讀者思考當中的矛盾和衝突：

小時候，我們都曾

提心吊膽

走進黑暗的房間

然後尖叫著

跑出來

開了燈的房間

和燈沒有開的房間

同一個房間裏，究竟

多了些甚麼？

是我們把一些東西

帶進黑暗裏

還是房間裏的黑暗

嚇壞了我們

　　陳立諾在詩中點出我們小時候的經驗：害怕黑暗的房間。可是在大人看來會覺得小孩的反應很可笑，亮了燈的房間跟沒亮燈的房間有甚麼分別？是不是「是我們把一些東西／帶進黑暗裏／還是房間裏的黑暗／嚇壞了我們」。而關

燈，是為了「睡個好覺」，抑或「還是為了離開」？陳立諾在之後的段落中，向驚慌的小孩指出，黑暗其實並不可怕，甚至是幸福的，因為「枕頭、牀單、書桌、天花板⋯⋯／房裏的一切／房外的一切，都與他無關」。他可以「像鳥一樣在空中翱翔」，反而燈亮的時候，會見到飛蛾盲目的撲向燈泡。「明亮的房間」跟「黑暗的房間」當然是意有所指，但陳立諾沒有在此詩點明，讀者可以自行思考當中的意義，詩的味道就來了。

出版詩集，對一個寫詩的人來說，是一個階段的終結。看作者對每首詩的取捨，是很有趣的經驗。陳立諾少時的詩，就像傻傻的想去火星的人，但現在的陳立諾，更希望可

以跟最愛的人及三五知己，在家中露臺一起賞月光，將世上

各種矛盾和衝突當作笑話。

2016年10月21日

目錄

輯二
房間裏的黑暗

輯三
魚的來歷

輯一

想起卡夫卡

城堡

天氣寒冷適合趕路

愈冷愈好，但不要下雪

雪花太浪漫

使人軟弱、躊躇不前

風從後面，前面吹來

無視燈柱、路牌，一群群高大的建築

凌晨時份

仍在趕路的人

感受不到雙腿的存在

自然常以殘忍的方式

喚醒沉睡的靈魂

並將鬆散的意志壓成堅硬的核

凌晨時份

趕路的人

從大屋前經過，看見

人群坐在火爐旁等待：燈柱消失、路牌隱沒

穿過迷宮的路徑浮現

凌晨已過

仍在趕路的人

裹著不稱身的大衣

步步遠離

山上的城堡

惰性

有一種力量

比地心吸力還強

把人

往下拉

直到肉體倒塌成廢墟

心的盡頭

沒有光

想返回

出發時的地方

但道路

已被大雪遮斷

彎曲自己

從未跪下的膝蓋

雙手合攏成匕首，祈禱

太陽啊，太陽

請你快點升起

天不可停止地暗下去

鳥像箭一樣射向樹林

我是一滴墨汁

墜向湖面

習慣了墮落

我正練習死亡

刊於《我們詩刊》第2期

失眠

醒來之時，手執一本過期護照

來到世界邊緣；腳下，

一條絞索從黑暗伸入黑暗。

一次又一次，做出返回中心的努力，

卻被拋出更遠。

大地下面是天空，

天空下面一片黑暗。

微弱的一道光來自一扇門，頭骨之上高懸。

門上上帝配上金屬的鎖，

金屬鏽蝕，詭異寒冷。

前面無路，後面無路，

牆壁拔地而起，穿過天花板，

床頭燈影散亂。

從日出走到日落，

長夜漫漫，總無法合上雙眼。

窗外芒草搖動，庭園荒蕪，

誰人在看顧？

山脊起伏默默無語。

日頭升起，自地平線盡頭，

又一次遮蔽了天空。

夢

劃一隻小船

在極度悲傷中

漂出生命的港灣

一股無人可抵抗的力量

送我到海洋的盡頭

那裏擱淺著

九百九十九萬艘巨輪

世界所有的船舶

我被停止在

一座燈塔前

燈塔的後面有一個碼頭

碼頭的後面有一個城鎮

城鎮沒有人

空洞的房屋灌滿了風

一群又一群

大聲咆哮

花了十分鐘

我來往陸地兩端

一共兩次

發現人類或者已不存在

剩下的只有我

還有我自己

墮落

到了這種地步

我已無言以對

只好把自己躺成一個皮箱

讓別人提著自己四處走

刊於《突破》雜誌

人生

人總妄想

從現實的表面滑過去

輕輕鬆鬆過完一生

患難與痛苦

卻把人擠入現實的核心

那裏擺著一張手術臺

還有一堆日記

站在手術臺旁

盯著死去的自己

我用一把鋒利的刀

仔細地剖開胸膛

看看裏面

究竟藏著些甚麼

在短短一生裏

人要死去不止一次

在每個深夜

都會重遇

昨天的自己

相互對望彼此折磨

那是因為

人總向上舉目

冀盼有顆

屬於自己的

星升起

還要那顆星高高的

垂在夜空

照出林中道路

雖然它也許已溜走

自上帝的指縫

刊於《突破》雜誌

我和我之間

我和我

之間，隔著

許多個別人

我常常辨別不出

自己的臉

渴望

想去

一個有很多很多人

但沒有人認識我

的地方

一個人

住在他們中間

他們不認識我

我也不認識他們

就這樣

這樣很美好

邏輯哲學論

世界最大的秘密

藏在語言的後面

任何追問

必撞碎於無聲之牆壁

穿過不能言說的地帶

你將成空無

神的國度

舌頭不能表達

沉默是祂的邊界

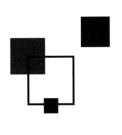

傳道者

來不及收割，來不及播種

你的步履為何如斯急促

每次回頭我只看見

走來的路上空盪盪

前面有誰在呼喚我

隱約的聲音，微弱而遙遠

是風穿過狹谷嗎

還是鹿踏過草地

甚麼都沒有發生過

沒有東西坍塌，沒有東西豎起

一路走來空盪盪

連腳印也沒有一個

牆上的鐘時快時慢

路愈走愈長，人愈走愈累

停下或繼續

都已經沒有分別

厭世者

出生以前，他活在

母親溫暖而潮濕的子宮

當時世界晦暗，還沒有足夠的光

厭世者

卻雙目圓睜

厭世者細心傾聽，土地深處

水流經過岩石和岩石粗糙的傷口時，發出的呻吟

一股力量凝聚奔突，沒入他

不斷擴張的血管

生下以後，陽光普照

厭世者卻度日如年。身旁的一切和一切，

來得不是太晚

就是太早。他腳步蹣跚、萬念俱灰

臉上爬滿褶曲的山脈

擱下筆，望向

窗外那條路燈正晦暗的小路

我忽然想踏上去

不斷向前走

直到最後一盞燈，熄滅

厭世者2號

匆匆忙忙

從物質與物質之間

遼闊的接口處，他飛過

沒有留下腳印

可能是因為童年陰影

可能是風太大

必須忙於平衡身體

反正他沒有種過一棵樹、愛過一個人

拔過一棵草

他沒有生兒育女

沒有被車子撞過

他專心於飛行

直到翅膀拍動最後一下

大門關上

沒有人再看見他

根基

天才是大地的饋贈

如雨後春筍，他們節節向上

我們是被風吹動的塵粒

四處散佈，滾向水溝、馬桶、輪底、火堆

蒼蠅爬過的蛋糕

天才是熱情的舞者，站在火焰頂端

長髮飄飄、秀美莊嚴

他們喜歡中途夭折

完全長向相反的方向

我們是繩索、橋梁、相連的石級

踩著我們隆起的背肌，天才拾級而上

我們是不變的道路，向同一方向不斷延長

我們是被風吹動的塵粒

和大地的歷史一樣悠久

相遇

從右邊走過去，我看見的景物
不同於從左邊走過去時看見的
她昨天看見過我，而他今天看見過我
他們看見兩個不同的我，給我不同的回應

天文臺預告明天沒有太陽、溫度下降
一股寒流將跨過山嶺撲向我們
明天，他們將看見第三個我
很少人可以接受這樣的一個我

昨天我看見他，今天看見
兩個他從同一個方向向我走過來
一個他越過另一個他，
在街角轉彎處，前面的他吞噬了後面的他

這樣的一個它常被摺起，放在深處

有些人曾經瞥見過它，但沒有人

曾經面對面長時間注視過它

別人的眼光會刺穿它，它沒法忍受

世上沒有獨一無二的東西，我也不例外

此時此刻有很多個我在世上走動

我走向我我離開我我殺了我我救了我

像圖釘一樣，我被撒在地上

當大門鎖上，百葉窗擋住最後一道光

我放出它，由於被困太久

它疲倦不堪，如繃緊的的琴弦

我們抱在一起，我們要好好談一談

給一位朋友

三年前的一個星期六

與一場大雨發生的同時

在雨點開始噴灑的街上

在堅尼地道一家餐廳裏

彷彿風的腳踩過湖面

你換了另一副面孔

沒有永恆，你突然流下眼淚

只有定律，將我們鮮活的肉體

一年又一年，碾成粉末

（拿撒勒的耶穌也不例外）

輪迴的時間長到沒有盡頭

我們無法再邂逅今生的戀人

大雨正在窗外，滂沱

找不到適合的句子安慰你

我的一隻手的手心輕輕掩住另一隻手的手背，彷彿

一隻動物在底下痙攣著

你確定夜空深處

真的沒有一隻眼睛

滿懷深情地注視著我們？

從遙遠的星座射出來的光

真的不是為了我們

才在億萬年前開始出發？

透過沾塵的玻璃窗

此刻，親愛的朋友

我在空蕩蕩的辦公室裏依然看見你

二十五歲的孤獨的肉體

閉得緊緊的

走在異國的土地上

與那一場大雨結束的同時

我結了賬

（春雨剪春韭，新炊間黃粱）

散去的人們在街上重新聚集

我結了帳，然後你走了

種子

一顆種子

趴在泥土裏

一天又一天

拼命弓起

日漸膨脹的身體

卻不願意

探出頭來

它說：

我已習慣黑暗

泰國

陽光普照泰國北部，

很多尊佛，在泰北平原上

坐著或臥著，

佛在廟裏，佛在水上

佛從右邊排到左邊

佛從左邊排到右邊

有沒有一尊佛

只向我一人微笑，

而非向著世界微笑？

善信如鯽，向佛游來

佛在陽光下憂鬱著或微笑著

美麗如一朵蓮花

世界

幾個不同的世界在屋子裏連接、重疊

當我疲倦時，它們相互遮蔽

一條路經過客廳，伸向

外面的走廊，感覺一根舌頭擱在空氣裏

客人們在客廳的沙發上高談闊論

她支持翻版鼓勵正版，他鼓勵翻版支持正版

睡房的門半掩著，房裏的物件沉浸在黑暗中

我知道牀上凌亂不堪，但一點也不介意

在別人的世界裏，我們苦苦找尋自己的位置

而道路太多，使人目眩

博物館裏的展品有時倒令人羨慕，它們的地位早被確定

只須隔著玻璃罩向人類炫耀自身的價值

跨出一步，即可到達

薄薄的木門外的另一個世界

有心人這樣忠告：出門時不要忘了帶鑰匙，在家時要常常抹窗

更重要的是：做好準備才開啟一扇門

家裏的物品每天像水一樣流動

凌亂是一種美，有時卻會令人心碎

客人們轉身離開，留下了另一個世界的痕跡

要花一段時間最後一圈漣漪才會消散

刊於《聲韻詩刊》2013年8月號；入選《2013香港詩選》

回家

這裏不適合我：這裏的

路很難走，天氣忽冷忽熱

令人晚上睡不著覺。

有時候，也可以吃上一頓好的。

吃完之後，肚子很難受，

後悔吃得太多。

我有一些錢存放在銀行裏，

但人卻不見得快樂。

如果存款再多一些，

境況也不會有所改善。

　　　　·

「媽，我想回家去！」

我跟她這樣說。說的時候，

我正坐在家裏的沙發上。

媽媽這樣回答我：

「明明在家裏，回甚麼家?」

講完後，她補上一句：「發神經！」

然後繼續剁肉切菜。

坐在家裏的沙發上，

我沒有真的這樣說過，只是

想像了一次這樣的對話。

我已離家多年，

那時候，我才九歲。

除了些許模糊的記憶

我甚麼都沒有帶走。

那時候，如果我懂得更多，

我不會輕易離開，

那個溫暖、充實的場所；

不會輕易告別，眾多個

懷著希望醒來的黎明

很多年以後，當我站在門口

等巴士上班的時候，

才發現這個事實。

這樣的發現一度嚇壞了我。

我思索，回顧：

也許，在搖籃階段，

我就曾離家出走，

而且不止一次，

只是我還不懂得走路。

如今，我和家之間

隔著很多條湍急的河流，

還有佈滿荊棘

的樹林，而我並沒有渡河的工具。

一道朦朧的風景展開

在河的對岸。

家是一座白色的建築，

聳立在高山上；

家是一座灰色的別墅

位於山谷深處、向南的那一面。

坐在家裏的沙發上，你可以
看見屋外發生的事
也可以感受日落的淒美。

刊於《香港作家》2016年1月號

輯二

房間裏的黑暗

門

無論走多遠

我們都要

來到同一道

門前

主動躍進或

等待張開

可以選擇

不可以選擇

門下沒有

供窺視的縫

推開這道

沒有門的門

就算放大瞳孔

也看不見光和暗

走進去的

一個又一個

沒有一個

走出來

門前的人

擠在一起

門後沒有人

沒有後門

道路

世界很大

路很少

適合你、適合我的

只有一條

有路的人是幸福的人

有的人沒有路

一輩子都在走

刊於《滄浪》雜誌

途中

你是我剛認識的人

我們早已相識

你的根、我的根

長在同一片土壤裏

相隔很遠挨得很近

當風起時，

我的枝葉便沙沙作響

在你的花冠旁輕聲訴說

存在的秘密：

人間是森林

到處是砍伐之聲

刀劈斧伐，日夜不停

只有少數人聽得見

刊於《滄浪》雜誌

熱愛

美麗的熱帶魚

一群、一群地游來

向海灘邊

人們聚集的位置

有人就有食物

那是面包屑，一種

魚兒不懂命名卻

熱愛的食物

愛魚人，一邊

扔下面包屑，一邊跟著魚兒

游出了大海

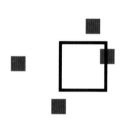

那年那天

恐龍滅絕後二十億年

燃燒的海洋就浮過天空

隕石吻了我們的家園

在鯨魚的歌聲中

無奈地，大家扯起灰色的帆

向最明亮的一顆星

一年又一年地

挺進宇宙的虛無一吋又一吋

單薄的帆漲滿狂暴的風

歷史粉碎於

最小又最大的一處暗礁

所有光亮皆被吞沒

守候在時間的路上，那隻從不睜開的黑眼睛

突然湧出一群垂淚的星

因為一些生命的消逝

它們哭成一條白色的河

臉

那天早上，我駕車經過

看見藏在野草中的

它的臉閃閃發亮

雨滴掛在樹上

如無數面鏡

回到家，關上門，

拉上窗簾。把燈，

也關掉後

無名的黑暗　從高空

光明之處落入屋內

一個人睜大眼睛，

躺在牀上。

看得見黑暗，總好過

看不見黑暗

刊於《聲韻詩刊》2013年8月號

天空

你不佔一吋空間
也不擁有一朵雲
但人人都在仰視
你那遼闊的臉

你雖沒有耳朵
人人都向你訴說
但你不發一言
如何給我安慰

你一無所有
我卻更貧窮
你並不存在
我們卻要走向你

清明

清明時節，孝子賢孫爬上山坡

在一片綠色的背景中

鑿出被隱沒的前景

墓地，在視野裏變得清晰

然後是雨，草木繁衍

蓋住一切。而死人不會長高

明年今日，孝子賢孫又會重來

手執刀斧，辛勤勞動

再度確立死亡的地位

聆聽

當你沉默，並閉上眼睛

你會聽到蟲兒

嚙咬樹葉的聲音

地下，死者腐爛的聲音

死者旁邊一隻蚯蚓翻開泥土的聲音

種子噼啪裂開的聲音

你會聽到

風在你面前轉身的聲音

窗外，鬼魂終年徘徊的聲音

燈芯草拔高的聲音

思念在空中抵達的聲音

道路向前伸展的聲音

還有大地的心跳聲

如陣陣雷鳴

從河流深處傳來

結局

在破敗的一幢建築物裏

我們被追趕上

這一次再不能脫逃

凡有重量的東西皆被卸下

包括肉體

我們將跟隨黃昏的太陽

降落山的另一側

沒有人可以看見

黑夜來臨後發生的一切

樅樹

我是茂密森林裏
一棵孤獨的樅樹

黑暗的地底
人類視線不能到達的區域
我的根和你的根
緊緊糾纏
再也分不出彼此

戒指

黑洞是

一枚戒指

套在上帝的手指上

地球是滾動在戒面的一粒塵

很多年已過去

我們依然蠕動在塵粒的表面

畢竟上帝是太忙了

沒有時間清潔祂的戒指

刊於《呼吸詩刊》第4期

吃粥之前

筷子的末端有一個小點

我用一張紙巾抹它

那碗熱騰騰的艇仔粥已端上桌面

其實我不應該浪費一張紙巾

指尖輕輕一彈就可以把它剔掉

它已被抹掉，但我掏出了第二張紙巾

開始抹筷子的中間部份

在身邊，或者在很遠的地方

會不會有一隻手在抹著我們

像今天我在抹一支筷子

直至粥變涼，焦點模糊在背景中

小巴

不到三十秒

真難以置信

本來空蕩蕩的車廂

迅速填滿了人

上一位乘客坐過的位子

餘熱還在，溫暖著

下一位乘客的身體

沿途，不斷有人下車

有人上車

空出的位子很快被補上

除了下雪的時候

乘客比較少

其他日子

車廂總是座無虛設

臨界

就是這樣

如何

打我嗎

雲樣子很難看

狗只會叫

不笑不哭不幽默

他來了

可好了

沒有用沒有用

我說沒用就沒用

哈哈

樹在生孩子

一串串

咬下去滿口都是別人的血

手機在叫

誰說愛我

是你嗎是你嗎

河水已流到空中

別寫了

我不寫我投降

筆給你

無名狀的……

從黑暗中

探出頭來

發現周圍的景物

只有輪廓

依稀可見

於是

俯身進入

更深的黑暗

沒有人

能夠找到我

或者踩著我的腳印

遠遠地

跟著我

沒有人

真的沒有人

那裏黑得

連右手也尋不著

左手

冬日下午

冬日下午

我位於

一隻鷹的翅膀之上

它打開身體

迎風翱翔

嘴裏叨著不知名的獵物

冬日下午

一隻鷹與我之間

只隔一片陽光

它正向我飛來

我拾級而下

感到前所未有的輕鬆

下面是大海

一隻鷹在我頭上打圈

它的爪子閃閃發亮

房間裏的黑暗

小時候，我們都曾

提心吊膽

走進黑暗的房間

然後尖叫著

跑出來

開了燈的房間

和燈沒有開的房間

同一個房間裏，究竟

多了些甚麼？

是我們把一些東西

帶進黑暗裏

還是房間裏的黑暗

嚇壞了我們

開燈是為了照明

為了找尋

遺失的東西

關燈是為了閉上眼睛睡個好覺

還是為了離開?

牀鋪托著我們的身體

牀的四隻腳抵住永遠向下的

地心吸力,而幸福的作夢人

並不知道

他正像鳥一樣在空中翱翔

枕頭、牀單、書桌、天花板⋯⋯

房裏的一切

房外的一切,都與他無關

有時候，開了燈的

房間，更加黑暗

不然的話，為何飛蛾會飛向燈泡？

刊於《聲韻詩刊》第23期，2015年4月15日

輯三

魚的來歷

浪花

我倆站在山上，山腳下
一條河靜靜地在陸地上飛行

浪花泛起
濺在你我心頭

同居

無用的你

加上無用的我

開始有點有用的感覺

一張沙發，一部電話

一群星星，一片天空

還有四面牆上你的塗鴉

組成我們的家

我們的空間無比狹窄

我們的世界無比寬廣

刊於《滄浪》雜誌

偶遇

在南下的列車上，

我認識了一個女孩。

她站在車窗前，不停搓著雙手

把自己的名字一片片

沿途擲落，鐵軌兩側

為甚麼你毫不珍惜

自己的名字，

而將它們隨意擲掉？

你看：那間房屋就要被你的名字壓垮了

她怔住，她笑了

她叫鄭雪，來自瀋陽

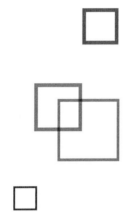

魚的來歷

1 錯誤

我是一朵花，長在河的左岸
你是一朵花，長在河的右岸
我想接近你，但沒有鰭
我想呼喚你，但沒有嘴

等了一百年，我終於變成
一條黑吻藍道鰈，游向右岸
可是尋你不遇，除了風
除了滿地花瓣隨風滾動

2 重逢

在陰暗的岩礁區

我遇見你，彷若隔世

你有一張我熟悉的面孔

很多很多年前

隔著一條河，我們曾面對面

乾燥的河牀下

我們的根互相糾結

陽光刺穿海水

礁區一片明亮

我輕擺尾鰭，緩緩游向你

我想問：

你還記得我嗎

3 結晶

月圓時份，我走過礁區
携著許多故事來到你身邊
例如哥倫布的頑強，耶何伯船長的兇狠
鐵坦尼克的沉沒，還有很多關於魚族的故事
很多你陌生的魚類的名字：
裸頂鯛、藍點鱨、燕尾鯧……
海裏的每一條魚都是我纖巧的神經
牠們敏感內向，脆弱多情

凌晨三時，沙粒翻動，潮聲喧嘩
你張開手臂從南到北從西到東緊抱我酥軟的身體
當天空轉白，我不得不離開

以貓的步履，我緩緩退下

不要擦傷你細嫩的肌膚

邊走邊回望，我把數不清的貝殼放在你腳下

小榧螺、布紋螺、枇杷螺……

還有你最喜歡的唐冠螺

潮漲潮落，月湧大江

每一次分離，我都在夕照下等待

等待黑夜來臨，你擁我入懷

在最短的時間裏

我要搜集海裏所有珍奇的貝殼

串成一條長長的項鏈，掛在你雪白的胸口

讓路過的魚們都說：

你是世上最美麗的新娘

4 懷疑

請把頭靠在我胸口
貼近我鰓蓋
聽聽我心跳
它跳得緩慢而低沉
它正在默默流著淚

這時侯
你側過頭，
對我說
它很正常

5 分離

雙鰭變成翅膀

眾魚昇向天空

迎面而來的鳥群認不出祖先的面孔驚慌四散

白胸刺眉鯛閉上眼睛，游向天涯

沉默而堅決

海涸乾，岸消失

鯨魚們掉下深淵

在烈焰中焚燒

海牀上，精衞投下的石粒

晶瑩發亮，堆積成山

除了電鰻，棘鼻海龍，角箱魨

還有一些單鰭的魚

給困在石縫裏，紅色的鰓

一張一合，滴著血

一條瞎了眼睛的黑吻藍道鰍

掙脫纏身的海藻

鑽出鐵坦尼克的甲板

向著海岸爬去

牠遍體鱗傷，

嘴裏，咬著一顆滾燙的石粒

牠渴望，回到充滿淡水的河口

然後逆流而上

攀上左岸

重新變成一朵花

刊於《北京23+8／夏婕編》

回顧

美好的時光

總是走得最快又最匆忙

而痛苦

則如蝸牛

在割開的傷口上爬行

每一次，總要

撒下一把黏黏的白鹽

刊於《滄浪》雜誌

北京

我用整座城市來同你告別

我的書信與詩篇

傷口逐一撕裂

回憶在燃燒中化為深情的哽咽

淚水縱橫，沾濕衣襟

燕子南來北歸

銜走我們的愛情

暴雨後臉上的決絕與沉默

風迎面撲來，野草彎腰

我快步踏過黑色沙灘

爬上陡峭的山坡

血液沸騰，絕望而無助

我來向你告別，北京

我所有的痛苦和希望

都已經歷你火熱的溫柔

再見吧，如果還有再見

第一次

越過街道和一片海水，

才可以確定：對方呼吸的

起伏，臉上的表情。

可能吐出的語言

在想像中緩緩累積，變成危險。

已經很多次，即使

第一百次，提起電話的聽筒，

類似的情形還是會重現。

使最後一次，像第一次。

而一把聲音，一句

不完整的話，從聲帶表面滑過

——跌入

令人難堪的沉默中。

刊於《文學世紀》第35期，2004年2月

距離

當太陽還沒有下山

一隻紅色的鳥從我們背部滑過

愈飛愈遠

它遁入橫跨河流的大橋底部

這時，它依然在視線裏

但我們都不清楚

它在橋的這邊

還是在橋的那邊

已經穿過了，還是

仍然在內部燃燒

許多年以後

當你想起一個人

當我從很遠的地方

注視著你

理由

打開書本，你打算
找出一百個理由
來和她告別。你隱身
字裏行間，在眾多的理由中逡巡
然後，在一系列
的原因後走過。

到達之時，最後的
列車即將離開。一張臉穿過
變形的空氣，對著另一張。
此時此刻，
感覺比理由更具說服力。

開始的時候，緩緩上昇

的臺階，總是把人往上抬；

在某天，卻會

突然坍塌。

很多個理由使人分開

相遇卻不需要理由。

前往希臘小島

客輪以時速二十英哩

犁開湛藍大海的背部

白浪翻湧，彷彿黝黑的船身

釋出它們

從五層樓高的甲板

我俯瞰二維海面上

一朵浪花的生與死

在烈日下不斷重演

船身微微抖動

水平線退後，再退後

船尾波瀾起伏，如

年輕的肉體

無題

看見樹林，樹林綠

那是進入之前的事

當白馬疾馳，以火花迸發的速度

撞開樹木，踏出道路

樹葉已金黃，落英紛紛

其實，樹林並沒有改變

改變的是距離

回眸

驚濤裂岸，落日無情
珍惜過去才能把握將來
當果實累累，無人摘取
就會掉下腐爛

如果我常常令你生氣
請原諒我的愚鈍
夏日漫長、熱情短暫
傷害你等於傷害我自己

悼念

來自海洋深處的風，把門關上又打開。

高漲的潮水，淹過了牀頭的燈。

久久盯視的銅鏡，狠狠別過的臉。

八月

在上午

陽光燦爛的時候

寫一首詩

關於厭惡、關於死亡、關於愛

天空的顏色被筆尖

隨意塗改

西出陽關的故人愈走愈遠

蒙古兵如風掠過草原

在通往城堡的路上

遇上了戍邊的故人

窗外陽光依然燦爛

世界沒有改變

改變的是你的心

吃晚餐時

吃晚餐時，坐在對面的那人

把自己的手提電話放在錢包上，

而錢包，則擱在餐桌的邊上。

當疲倦的女侍應收拾餐具時

一隻綠色的碟子，從半空

砸下，在手提電話的熒屏上

敲出兩個深淺不一的小坑。

其實當綠色的碟子，砸在餐桌的邊上

那裏並沒有放著電話和錢包。

對面的那個人，一坐下

就決定把電話和錢包放進手袋，

只是這樣的一件事發生在另一個世界。

當凱撒下定決心渡過盧比孔河，

另一個凱撒掉轉馬頭，返回了北方。

當太監鄭和躺在紫禁城深處

夢迴驚濤拍艟，夜夜不能成眠；

另一個鄭和住在雲南鄉下，膝邊兒孫成群。

世界上有人寫了一首詩，

在另一個世界裏，這首詩不曾被寫成。

每一條路的盡頭，分叉出

兩條不同方向的小徑。無數條小徑，

在宇宙洪荒中生生滅滅，

它們相距甚近，卻不曾交會。

刊於《字花》29期，2011年2月；入選《2011香港詩選》

跋
寫詩的一個理由

夜闌人靜，當白天被太陽曬熱的生命沉入夢中，寫詩的人開始追逐字詞之美，通過一張紙、一支筆，把情感與洞見轉化為一個個語碼。

每一首真正意義上的詩，都是詩人與世界的一次對話、靈魂的一次探險。

熱愛生活，對自然和生命有高度的敏感，才會有那份不得不傾吐的衝動。

言說那難以言說的，把無名的存在帶入語言的光亮中；通過給存在重新命名，我們踏入存在的澄明之境。科學對此無奈地失語，冷冰冰的邏輯推理與分析，肢解了世界和生命，扔給我們一堆碎塊。

日常生活的繁瑣和卑微，也漸漸導致我們對存在自身的遺忘。

詩歌則可以喚醒我們昏睡蒙垢的心靈，帶我們出離世界的黑夜，在優美的語言中與存在相遇。

寫詩何為？

寫詩就是表達一種渴望，渴望以詩意的方式棲居在土地之上。

或者，我們該如荷爾德林一樣問一問：如果生活是十足的勞碌，人可否抬起頭，仰天而問：我甘願這樣？

陳立諾

魚的來歷

作　　者：陳立諾

策劃編輯：黎漢傑

責任編輯：魚滺

美術設計：魚滺

出　　版：練習文化實驗室有限公司

電　　郵：culturelabplus@gmail.com

印　　刷：陽光（彩美）印刷公司

發　　行：香港聯合書刊物流有限公司
　　　　　香港新界大埔汀麗路36號
　　　　　中華商務印刷大廈3字樓

電　　話：(852) 2150-2100

傳　　真：(852) 2407-3062

版　　次：2016年12月初版

國際書號：978-988-77476-7-3

定　　價：港幣68元　新臺幣220元

Published and printed in Hong Kong

香港印刷及出版